句集

# 雪解村

YUKIGEMURA

樋口 保
Higuchi Tamotsu

飯塚書店

# 序　にかえて

残雪をたたえた鍋倉山が、近づく夏にそなえ燦々と輝いている。

標高一二八九メートルの美しい山は、長野県と新潟県の県境に位置し、開田山脈に連なっている。北緯三十六度五十八分・東経百三十八度二十二分、その麓がこの度の句集『雪解村』を上梓された、樋口保さん出生の地なのである。

春・夏・秋の自然の美しさは、まさに別世界であり、幼少のころより美が研ぎ澄まされたのは言うまでもない。しかし冬ともなれば、日本でも屈指の豪雪地帯であり、その厳しさも同時に教え込まれたことになる。そこには美意識とは別な「忍」そのものであったと思う。そんな忍は人の優しさも育む、作品を目で追うと随所にそれが表れている。

平成二十七年、無名の小誌「星嶺」に参加されたが、保さんの生まれ育った飯山市温井の集落が直ぐ近くで・・・それがきっかけで入会いただいたが、もうすでに文學の森出版より、第一句集『玉繭』を上梓されていた。平成十七年には俳人協会々員の肩書きも持たれ、「星嶺」の重鎮として活躍いただいている。

保さんの生まれ育った飯山市温井は、私の店から千曲川を挟み直線距離で六《キロメートル》程であろう。北信濃出身の秀でた俳人の作、平成十九年からの作品を鑑賞させていただこう。

作品は平成十九年から二年刻みに令和二年まで、七章に構成され各章にはサブタイトルがつけられている。今回の句集『雪解村』は、選句・句集名・サブタイトルのすべてが、作者自身によるもので、句集出版の本来の姿であろう。

師の龍太語録にこんなのがある。《句集刊行の資格、というものが仮にあるとするならその資格は自選の適否に求めるべきものと思う》とある。まさにその通りで、作者の保さんはその教えを地で行っている。平成十九年から二十七年までは、結社「橘」誌掲載の作品で、松本旭先生の選によるもの、確かな歩みの数々である。平成二十七年からはその作品群の中に「星嶺」の作品が加わる。

一茶道　より

旧道は親しみやすき姫女苑

どくだみの花つんつんと関所跡
男とはつくづく寂し秋刀魚焼く
身に沁むや生家跡地の風の音
冬ざれの風音が蹤く一茶道
平和つていいな丸ごと若葉風

平成十九年第一句集『玉繭』を上梓された直後の作品、言うなれば乗りに乗った作品の数々の中の六句を挙げさせて頂いた。「一茶道」というサブタイトルで、五十六句が並べられている。「橘」という格調の正しい俳句結社に、心身共に馴染んだ確かな作が多い。「姫女苑」の作にしろ「どくだみ」の作にしろ、身近な自然との対話がある。かと思えば「男とはつくづく寂し」と、心象の世界にも一歩踏み込んだ作と対峙している。「身に沁むや」と「一茶道」は望郷の念が、じんわりと作の中から零れている。「平和つていいな」の作、飾らない言葉で素直に叙しているのは、作品として新しい試みではなかろうか。

冬欅　より

盆過ぎの北を指したる風見鶏
けふ処暑の下駄突つかけてパン買ひに
草餅の色濃き辺りから食らふ
落人の里の花栗夜も匂ふ
水音の尖りし峡の冬はじめ
泰然と暮色をまとひ冬欅

「冬欅」五十八句の中から六句を挙げてみた。穏やかな自然諷詠から、少し方向が変わって来たのが感じられる。もちろん良い意味での方向性である。「風見鶏」の作には、季節の移ろいが鮮やかであり、「下駄突つかけて」には思わずニンマリとさせられる俳諧みがある。

「草餅」の作もどことなく可笑しみがあり、作者保さんのこれからの俳句道を垣間見る思いがする。「落人の里」は長野県と新潟県にまたがる『秋山郷』平家落武者の谷で、次の「水音の尖り」の作と共に自然諷詠である。「冬欅」はこの章のタイトルにされた作であるが、自然の形をオーソドックスに捉えられている。

おらが村　より

故郷は今朝三尺の軒氷柱
桐咲いて募る郷愁日暮れどき
晴れきつて満つる稲の香おらが村
鰐口を大きく打てば風花す
捨て猫のすり寄りて来る春の闇
下駄の音たかき湯の村夕焼けて
生国を遠くに住みて根深汁

平成二十三年・二十四年の作、「おらが村」五十八句から七句を挙げてみたが、タイトルの通り、保さんの村そのものを、リアルに描写されている。どの作も大切な「おらが村」で読み返しているうちに、どんどん情景が見えて来る。このような作は理屈っぽい解説や説明は要らない。この中で一句だけ記させて戴けば、「生国を遠くに住みて根深汁」である。穏やかな日常の「根深汁」が強烈なインパクトで、『望郷』の念が迫ってくる。

星澄む村　より

里山の一族の墓雪しまく
人並の暮らし春眠むさぼりぬ
散髪に行かねば薔薇の香る日は
庶民我ら新酒酌みては艶ばなし
二度寝して妖しきことも春の夢
財なさず名も残さずに秋刀魚焼く
冬至湯は少し熱めに星澄む村

タイトルの「星澄む村」はもちろん、飯山市温井という鍋倉山の裾野、作者保さんの集落である。美しくも厳しい自然の村、そこに思いを馳せた五十一句が続く。厳しければ厳しいほど『肝胆相照らす』心で生き抜かれた。「里山の一族」「人並みの暮らし」「庶民我ら」

「財なさず」の作には、命の輝きがある。もちろんこれ等の多くは、回顧であったり俳人としての創作であったりであるが、一連の流れの中に物語を潜ませている。力をつけられた面目躍如の数々でなかろうか・・・。

生国は　より

朝風呂の日の眩しさも松の内
海鮮丼たらふく食うて梅雨晴間
男たる一分捨てて秋刀魚焼く
世渡りの下手で浅利に砂吐かす
師と交はす平家の谷の岩魚酒
師と吾れのあはひに梅雨の風重し
海猫鳴いて秋空重き蝦夷航路

この章から結社「橘」と「星嶺」の作が続く。格調の正しさの中に哀愁と俳諧みが一段と増し、作品に厚みが加わってきている。「朝風呂の日の眩しさ」の作や「海猫鳴いて」

の作などは、腰の据わった正統派の態を成している。「海鮮丼」「世渡り下手で」など、一歩引いた表現ではあるが、良い意味での強かさ充分の作である。「男たる一分捨てて」の作など、自分の生き方を心に決められたものを感じる。「師」の句が二つあるが、全く違う接し方になっている。作者自身あまり酒を飲まれないが、「岩魚酒」を珍しいものとした形で叙し、もう一句は「師と吾のあはひ」として、尊敬の念が滲んでいる・・・。

雪解村　より

やさ男気取つて花の上野山
言ひ過ぎて端より崩す冷奴
人妻の肩抱き寄せて体育の日
着ぶくれて今だ六欲捨てきれず
風音の揺さぶる小さき雪解村
俳人の眼で百足見て飽かず
とんぼうの群れて淋しき生家跡
着ぶくれて天下国家を論じをり

賞味期限まだあるぞ吾れ年迎ふ

句集名を『雪解村』とされた章の作七十句から、九句を挙げてみた。望郷の念強き作品の数々であるが、どれも気迫溢れる作の中からのものである。秀句・佳句を拾うと書き切れない。研ぎ澄まされた感性は、ますます冴えわたってゆく。確かなユーモア溢れる作を、俳諧みなどと云う月並みな言葉でかたづけられぬ作が並ぶ。「やさ男」「言ひ過ぎて」「人妻の肩」「天下国家を論じ」など、真面目な可笑しみであろう。「六欲捨てきれず」「俳人の眼」「賞味期限」の句、読みながら生真面目な作者の顔が浮かんでくる。「風音の揺さぶる小さき雪解村」「とんぼうの群れて寂しき生家跡」望郷の思いの奥には、作者の限りない郷土愛が漲っている。

春の雪　より

柿若葉吾れに伸び代まだあるぞ
終の地と成るべきはずの林檎買ふ
すぐ酔うて眠る酒なり春の雪

若葉風父似の吾れの着道楽

志果たせぬままに冷奴

天高し寄る家もなき本籍地

句集『雪解村』最後の章六十句よりである。

この章まで読み続け、故郷とは何なんだろうかと考えさせられた。自分自身北海道という地を離れ東京へ、そして作者が離れた奥信濃の田舎温泉場を終の地と決めてしまった。そして『故郷が恋しいのは単なる帰巣本能さ』などと嘯いている。しかしこの一連の作品には、それとは別な望郷の念が充ち満ちている。

「終の地」「若葉風」「天高し」の作には、帰巣本能などという言葉は通じない。「志果たせぬまま」、そして「吾に伸び代」には不屈の魂がギラついている。その一面「すぐ酔うて眠る酒」には、作者本来の穏やかさを感じさせられる。

鑑賞の最後に、作者が時々訪れる野沢温泉の三句を挙げさせて戴いた。

〜野沢温泉句〜

落葉ふむ森の鼓動に合はせては
火吹竹の火の粉と言ふは懐かしく
ふる里の訛麻《お》釜《がま》に冬菜茹で

作者が己の夢を追い、齢を重ねて目を向ける地は奥信濃、鍋倉山の見える場所ではなかろうか。この見事な句集『雪解村』に惜しみない拍手と祝句を贈り序にかえさせて戴く。

祝句集『雪解村』

雪解村すでに大河の音なせり　　山咲一星

令和三年一月八日　大安吉日

野沢温泉村　湯元にて「星嶺」主宰　山咲一星

# 目次

句集

# 雪解村

樋口　保

# 一茶道

五六句

平成一九年

日はすでに梢越えたる初景色

熱々が旨いぞ妣が粥柱

春の日の歪んでゐたる水面かな

ふらここや大きく青い空が好き

恋猫を追ひやりし路地闇匂ふ

初蝶の日に紛れつつ消えにけり

啓蟄や鉢物すぐに乾きたる

冴返る畳の縁の固さかな

眼冷ゆ欅《けや》の芽吹きの中にゐて

体内のろ過されてゆく柿若葉

桜散る十王堂の屋根の反り

旧道は親しみやすき姫女苑

ひとほり若葉濡らして雨上がる

日の匂濃くなる峡の立夏かな

どくだみの花つんつんと関所跡

残照を捉へ蜘蛛の囲光りをり

山河蒼き母許りにゐて明け易し

甚平着て一言居士でありにけり

街路樹の葉裏の白さ秋立てり

ゆつくりと暮れたる大河厄日過ぐ

男とはつくづく寂し秋刀魚焼く

鬼の子の吹かれ世相に拘らず

四阿へ続く坂道こぼれ萩

身に沁むや生家跡地の風の音

朝寒や故郷の空の蒼茫と

秋冷や一本の杭沼尻に

闇深き落人の里虫浄土

山里の夕暮れ早き蕎麦の花

踏み込んで真田領地の草虱

平家かも知れぬ血筋や蔦紅葉

晴れきつて無機質な空今朝の冬

野沢菜を漬けて済みたる冬構

冬ざれの風音が蹤く一茶道

愚痴聞いてくれし故郷の山眠る

乳房恋ふことに木枯し鳴る夜は

混乱の世相朝より北風捲いて

平成二〇年

雪女郎来るか風音尾を曳いて

定刻に着きたる電車日脚伸ぶ

豆つぶのほどのプライド日脚伸ぶ

寒晴れの空に隙間のなかりけり

日出づる国の真中青き踏む

黒々と起こされし土初蝶来

初蝶の風に従ふこと知らず

川風の匂ふ下町初桜

大空の果てまで蒼き春愁

桜東風同窓会の通知来る

羽化したる如くに少女風光る

平和つていいな丸ごと若葉風

泡ひとつ吐いて金魚の掬はるる

山国の夕暮れ早し濃りんだう

太陽を吸ひつくしたる凌霄花

ビル街の窓の真四角残暑なほ

古びたる父母の墓木の実落つ

月光の隈なく射して山河あり

立冬の日暮れて眼澄にけり

凍雲に薄き太陽一茶の地

# 冬欅

五八句

平成二一年

還暦の吾れに晴れたる今朝の空

寡黙なる男にバレンタインの日

父祖の地の風吹き上ぐる雪解渓

信玄の諏訪の隠し湯草萌ゆる

鶯の声やはらかき空より来

本箱の湿気の匂啄木忌

さくらいろのかぜのなかなるさくらかな

ふる里にほんたうの空飛花落花

男の子生る勢ひ二寸が松の芯

桐咲いて空水色に峡の村

青梅雨やけぶり初めたる千曲川

葭切の鳴いてとことん晴れきるか

直に口つけて信濃の岩清水

青々と明けたる山河蝉しぐれ

天網を零るるごとく蝉しぐれ

風中の青の残像ラベンダー

遠雷や秩父嶺黒く浮き立たせ

かなかなや空沈みゆく一茶の地

盆過ぎの北を指したる風見鶏

けふ処暑の下駄突つかけてパン買ひに

新涼や一息に飲む朝の水

結界の地ぞ揺らめきて曼珠沙華

武士の栄華の跡や霧奔る

城山の雲ゆつくりと竹の春

晩学の目を凝らしたる虫の闇

ふる里の空水色に柿熟るる

星あまた林檎色づく奥信濃

小春日の駅出て銀座四丁目

西伊豆　三句

冬晴れの駿河路富士の真向ひに

懇ろに願掛け達磨撫で小春

愛の鐘三回鳴らし冬晴るる

夕映えや微動だにせず冬欅

平成二三年

待春の空水色に奥信濃

春遅々と木立過ぎ行く風の音

早春の星でて硬き北の空

鎌倉へ続く古道や梅真白

煩悩を包み込みたる春の雪

奥の間を灯し続けて雛の夜

芽吹きどつと目頭痒き日なりけり

落椿避けてたたらを踏みにけり

白れんの高さ穢れのなき高さ

草餅の色濃き辺りから食らふ

晴れきつて風の信濃や花辛夷

遠山を凌ぐ高さに桐の花

丹田のむずむずしたる若葉の夜

薔薇香る群青色の夜が来て

落人の里の花栗夜も匂ふ

梅は実に日の直上も武州ここ

男気を通し大暑をやり過す

十指もて掬ふ信濃の山清水

仏間開け放ち整ふ夏座敷

山国に生れて武骨や虫時雨

山里の夕暮れ霧のかなたより

水脈曳いて秋の中川番所跡

閘門の黒き一塊蘆の花

書肆に居て眼の乾く今朝の冬

水音の尖りし峡の冬はじめ

泰然と暮色をまとひ冬欅

# おらが村

五八句

平成二三年

雪しづる遠嶺に夕日懸かりては

雪山の晴れきる彼方より谺

故郷は今朝三尺の軒氷柱

篁のさ緑透かし春の雪

もの動く気配匂うて春の闇

昼酒のふいと噎せたる余寒かな

残照の静かな村や花辛夷

若人の選手宣誓風光る

咲き満ちてよりの気怠さ花の昼

仮の世の花の一夜に溺れをり

風誘ふかぎりは揺れて糸桜

夕さりてよりの艶やか白牡丹

草笛や小諸城址の雲北へ

桐咲いて募る郷愁日暮れどき

校庭の子等の声高花は葉に

安曇野　四句

安曇野の一陣の風清水汲む

五感研ぎ澄ませ青嶺を仰ぎをり

雪渓の立山連峰晴れて天

安曇野の風みどりなる麦は穂に

手すさびの風鈴ちよいと突きたる

夕さりて風鈴の音の高調子

大賞の夢の途中の昼寝覚

ゆるやかに峡の風過ぐ稲の花

峡五戸の夕暮れ時や桐一葉

蔓の先虚空を掴む残暑かな

盆支度すませ今宵の月円か

晴れきつて満つる稲の香おらが村

山気吸ひ尽くし色濃き鳥兜

赤とんぼ群れて武蔵野日和かな

公園の木椅子の温み小鳥来る

日が落ちて毬栗落ちて一茶の地

軒先に笊干す家や小鳥来る

胸元の殊に香りて菊人形

人知れず色を尽くせり冬紅葉

淋しらの日暮れ山茶花散るさまは

鰐口を大きく打てば風花す

平成二四年

関八州寒晴れの空定まりし

待春や旅のちらしを拾ひ読む

早春の青空割りて飛行雲

薄氷を突きし指の火照りかな

がうがうと雪解の川や奥信濃

いつしかに風の出てきし木瓜の花

捨て猫のすり寄りて来る春の闇

故郷の父母なき山河花こぶし

寝そびれてものの気配も春の闇

葉桜となりて鎮もる父祖の村

花みかん匂ふ一日晴れさうな

傾きし馬頭観音青田風

下駄の音たかき湯の村夕焼けて

勝ち越し打酷暑の大地しかと踏む

ワイルドな漢の匂金木犀

尖塔の先の青空小鳥来る

はしごして巡る古書店文化の日

山畑に棚引く煙野菊晴

遠富士の雲一つ無き今朝の冬

生国を遠くに住みて根深汁

暮れ色の水辺寄り添ふ夫婦鴨

決断の師走の町に指鳴らす

# 星澄む村

五一句

平成二五年

日の本の日の燦々と初山河

封筒の真白き封を切る淑気

雪折れの一本匂ふ杉木立

里山の一族の墓雪しまく

一徹の男に白き梅ひらく

古美術店でて降られたる春の雪

春なれや繰り返し読む相聞歌

人並の暮らし春眠むさぼりぬ

梅東風や恋の祈願の絵馬揺るる

啓蟄や子のお下がりのスニーカー

清廉の重みに白き椿落つ

初ざくら路地裏の空冷えてきて

降臨の神宿りしか藤香る

梅は実に震災寄附の切手貼る

散髪に行かねば薔薇の香る日は

諏訪大社　二句

夏雲の去来天突く御柱

御神木いま落つ構へ草茂る

見はるかす青嶺しつかと風受くる

蓼科の翠微夏霧疾きかな

緑蔭の木椅子に手足投げ出せり

熱き茶を啜り大暑と真向かへり

真夏日の気休めに飲むビタミン剤

白粉の花や黄昏時が好き

線香の煙り真直ぐ立ちて秋

遠嶺よく見ゆる朝や小鳥来る

庶民我ら新酒酌みては艶ばなし

木の実降る朝の森の静けさに

木曽路　三句

茶が咲いて木曽路に残る宿場町

暮れやすき時雨の路地や妻籠宿

義仲の地ぞはらはらと紅葉散る

人並の庭ある暮らし石蕗の花

小春日やたこ焼き買うて兄おとと

ぽつぽつと星出て静かなる冬木

平成二六年

武蔵野の木々伸びやかに初日の出

故郷の匂のやうな春炬燵

野に出でよ土ふかふかと犬ふぐり

校門の日差したつぷり卒業す

二度寝して妖しきことも春の夢

千曲川沿ひに続きて花菜道

葉桜に雨の明るき信濃かな

万緑の糸引く雨や北信濃

青嶺なす父母亡き里の淋しさに

朝涼や川音高鳴る部屋に覚め

湧水に青梅浸し僧の家

鐘の音の余韻涼しき寺の町

天下泰平高く弾けて大花火

厄日けふ牛丼食うて過ぎにけり

財なさず名も残さずに秋刀魚焼く

煌々とコンビニの灯や秋深む

夕映えに正面切つて冬の雁

冬至湯は少し熱めに星澄む村

# 生国は

六二句

平成二七年

光年の星の届きて去年今年

白銀の富士に願掛け今朝の春

朝風呂の日の眩しさも松の内

凍星の孤独もつとも輝けり

二段づつ上がる階段春其処に

悼　上野きくえさん

出棺の今し本降り春の雪

沈丁や郵便物を取りに出て

薔薇の香のほぐるる午後の喫茶店

蒼天に孤高保ちて桐の花

天領の空晴れきつて幟立つ

売り切れの目玉商品梅雨深し

山よりの風惜しみなき夏座敷

金沢　二句

百万石の万緑愛でて加賀の国

海鮮丼たらふく食うて梅雨晴間

何事もなく八月の空青し

露草の藍深めたる星の出は

山間の十戸の部落蕎麦の花

奔放に生家跡地の鬼やんま

一茶句碑巡る山栗拾ひつつ

男たる一分捨てて秋刀魚焼く

虫の音や開け放たれて閻魔堂

幾千の星でて林檎色づきぬ

ふる里の新米炊ぐ匂かな

背戸に点く豆電球や木の実落つ

腰紐の赤がほどけて捨案山子

悼　松本旭先生

温顔のままの寝姿菊香る

一茶忌や風に抗ふ軒雀

濁世てふ丸つ翳りに冬林檎

歌舞伎座の前をしばらく焼芋屋

日は西に一糸乱れず鴨の陣

平成二八年

申年を迎ふ三猿にはなれず

闇へ鳴る柱時計や姫始

所詮濁世朝から北風の吹き荒れて
妻と娘の話しの外に日向ぼこ

水平に夕日のとどく浅き春

世渡りの下手で浅利に砂吐かす

風音を目で追ふ日暮れ春炬燵

遼大大学、拓斗高校合格

果てしなく青き大空梅香る

山梨　三句

信玄の龍太の空や山桜

春疾風武田神社に軍旗《はた》靡く

百千鳥信玄公の頭上より

桐咲いて山畑に亡き父母の影

黒揚羽ついと出でたる阿弥陀堂

秋山郷川津屋　三句

葉桜となりて鎮もる隠れ里

落ち武者の裔《すえ》か若葉に消えたるは

師と交はす平家の谷の岩魚酒

飯山正受庵　二句

青嵐蹴落し坂を吹き上ぐる

木下闇でんと据ゑある座禅石

雲動く花栗の香にたぢろぎて

紫陽花の前より暮れて妻籠宿

悼　松本翠先生

師と吾れのあはひに梅雨の風重し

北海道　五句

海猫鳴いて秋空重き蝦夷航路

五稜郭見てより秋の蝦夷泊まり

石狩の灯台風の芒群れ

はまなすの実のてらてらと岬径

船笛や秋の灯澄みて小樽港

信濃へと入る国道稲の花

虫の音を聴きゐる夕日正面に

生国は信州信濃蕎麦の花

暁の眼の澄みし今朝の冬

平和てふ時に退屈冬さうび

生国は星澄む村や根深汁

# 雪解村

七〇句

平成二九年

終の地をしつかと踏みて初日の出

紅梅と風の相聞香り立つ

悼　石川博保さん

冴返る会へぬまま訃の知らせ来て

後朝にあらず戻りし恋の猫

美化されし思ひであまた春の雪

歳時記と辞書と俳誌と春炬燵

風音のひねもす高しひいなの日

啓蟄や宅地に変はる雑木山

不器用に生きて人並花仰ぐ

自販機に声かけられて花仰ぐ

やさ男気取つて花の上野山

市街地を望む城山花は葉に

眼が合うて猫の逃げ出す木下闇

蚊の声の吾が秘め事に割つて入る

言ひ過ぎて端より崩す冷奴

必要悪は要らぬ広島長崎忌

忖度のごとく朝の芙蓉咲く

雀らの寄つてたかつて捨案山子

北海道　一〇句

踏み込んで虫の音止みし番外地

赤煉瓦の塀を隔てて虫すだく

菱の実や雨意兆したる網走湖

海鳥のざわめき秋のウトロ港

秋風やカムイワッカの滝白し

羅臼岳仰ぐ蓬髪雁渡し

わだつみの声か野付の秋怒涛

秋雨の日高牧場馬柵長し

丹生枯らす色無き風の真横より

秋風のさき海風の襟裳岬

働けるうちは働き桃すする

人妻の肩抱き寄せて体育の日

悼 竹田キクヨ伯母

菊香る中を永久《とわ》への眠りかな

綿虫に付きまとはれて男たり

猫が猫追ひかけ墓域冬ざるる

着ぶくれて今だ六欲捨てきれず

と金にはなれず晩年着ぶくれて

平成三〇年

泣きごとも時にはこぼし寒卵

一升酒まはし飲みしてどんどの炎

風音の揺さぶる小さき雪解村

見かぎりし里の祭に戻り来て

寝不足の五感なだむる若葉風

峡五戸の変はらぬ生活《たつき》桐の花

煙立つ峡の暮しや桐の花

俳人の眼で百足虫見て飽かず

十薬の踏めば匂うて父の忌来

転生へ巡らす思ひ大夕焼

六道の辻を横ぎる蟻の列

流し目の団扇の女風おこす

信長の現れさうな大夕立

塩飴を舐めて八月十五日

今日の日の落つる遠嶺や敗戦日

新涼や闇さだまりて星の数

とんぼうの群れて淋しき生家跡

悼　山口茂叔父

露けしや骨壺にほね溢るるほど

石の面《も》に石の静けさ花八ツ手

夢多き晩年石蕗の花明り

肉体と心のあはひ枯葉舞ふ

狐火や闇に微かな息づかひ

着ぶくれて天下国家を論じをり

ふる里に雪来る頃か眼澄む

平成三一年

賞味期限まだあるぞ吾れ年迎ふ

年迎ふ古来稀なる歳迎ふ

大寒の脈打つ鼓動しかとあり

うたかたを吐いて沈みぬ冬の鯉

同姓の五戸寄り添うて雪解渓

風音が風音追うて峡の春

墓域にて天下御免の猫の恋

千曲野にふる里の友耕せり

花さそふ風のたはむれ見て飽かず

しやぼん玉追うて幼子風つかむ

天下取る勢ひ太りて葱坊主

# 春の雪

六〇句

令和元年

新たなる御代へ風船高く高く

柿若葉吾れに伸び代まだあるぞ

豆御飯婦唱夫随の生活かな

一寸を跳んで水馬雲にのる

天日の昏さ渇きて蟻地獄

朱鳥忌やわんさと揺れて夾竹桃

六欲のいまだ健在鰻食ふ

滝つぼを突き刺す水の力かな

ビール干す男の意地を抑へつつ

神保町に探す句集や涼新た

星の出は山の風吹く蕎麦の花

尻向けて桃売られをり道の駅

芒野の風起つ辺り生家跡

星あまた佳境に入りて里祭

妹経営のお宿「友八」

民宿の帳場に吊るし通草の実

終の地と成るべきはずの林檎買ふ

山田牧場　二句

牛の眼のやさしき先に赤とんぼ

天高し笠岳に雲のびのびと

岩松院　二句

正則の終焉の地ぞ威銃

斧上ぐる霊廟前の蟷螂は

高山村一茶館

へこき虫転がつてゐる一茶の地

訛りでてふる里自慢一茶の忌

湯豆腐を好み平凡たる一世

我が国に百物語狐火も

小春日や師弟句碑まで歩を伸ばす

根の国も雪来る頃か父母いかに

大宇宙の点ほどとなり日向ぼこ

令和二年

宇宙へと広ごる青き今朝の春

異次元へ闇の溶け込む淑気かな

大海を目指し信濃の雪解川

美しき言の葉のごと春の雪

すぐ酔うて眠る酒なり春の雪

風音を聞き分けてより大朝寝

万年の威光を醸し亀鳴けり

新型コロナウイルス　二句

世情など無縁の桜満開に

愁ひたる今年のさくら桜かな

若葉風父似の吾れの着道楽

天つ日や花栗匂ふ村役場

山鳩の声の平坦昼寝覚

生国の青嶺やさしき日暮れ前

月までの闇の空白月見草

血縁の減りゆく故郷蝉しぐれ

志果たせぬままに冷奴

屈託の一つや二つ西瓜喰ふ

日輪に曝す首すぢ敗戦忌

斜めより物見る齢厄日過ぐ

石の面に影を置きたる秋思かな

輪廻などどうでも望の月仰ぐ

晩年の無き父母へ栗の飯

天高し寄る家もなき本籍地

ペン立てのペンの不揃ひ青龍忌

一茶忌や「信濃の国」を口遊む

喪の葉書届く山茶花日和かな

引き際の美学山茶花はらはらと

遠山へ雲の影置く冬初め

ふた心無く冬天の深さかな

川底の石に日の斑や小六月

野沢温泉　三句

落葉ふむ森の鼓動に合はせては

土産処「湯元」

火吹竹の火の粉と言ふは懐かしく

麻釜は国の天然記念物

ふる里の訛麻《お》釜《がま》に冬菜茹で

# あとがき

平成十九年に第一句集『玉繭』を上梓して十四年が経過した。この間を振り返ってみると、平成二十三年三月十一日の東日本大震災を初め、実に多くの地震災害や台風、豪雨による洪水被害など非常に自然災害が多かった様に思われる。そんな中、平成三十一年五月一日から令和へと改元がなされ、状況が変わるかと思いきや、令和二年に入り、新型コロナウイルス感染症の蔓延で未だに終息の気配がない。

私自身の事では俳句の恩師である、前「橘」主宰の松本旭先生と松本翠先生を亡くし、そして多くの親戚の人との悲しい別れがあった。しかし、家族は息災で私も還暦が過ぎ古稀が過ぎ、今年六度目の年男を迎える事が出来た。

現在は「橘」と平成二十七年八月号より故郷の結社、山咲一星主宰の「星嶺」で学んでいる。新型コロナウイルス禍で外出もままならない中、俳句を趣味としていて本当に良かったと思うし、第二句集を上梓する事が出来たのは望外の喜びである。

この句集も又、故郷を詠んだ句、望郷の句が多いが、これも私の俳句の原点であるから致し方ない事ではある。

句集名は雪深い寒村、北信濃の故郷を詠んだ句

風音の揺さぶる小さき雪解村

より付けたものである。

句集刊行に当たり、「橘」主宰佐怒賀直美氏には帯文を、「星嶺」主宰山咲一星氏には序文と祝句をそれぞれ賜り心より感謝申し上げます。

又、快く後押しをしてくれた家族にも感謝いたします。

最後になりましたが、飯塚書店社長の飯塚行男氏とスタッフの皆様に心より御礼申し上げます。

令和三年一月八日

樋口　保

樋口　保（ひぐち たもつ）

昭和24年5月5日　長野県飯山市生れ
平成 4年　「橘」入会　松本旭に師事
平成10年　「橘」新人賞受賞　同人
平成17年　公益社団法人俳人協会会員
平成19年　第一句集『玉繭』上梓
平成23年　「橘」青龍賞受賞（無鑑査同人）
平成27年　「星嶺」無鑑査同人入会　山咲一星に師事
平成30年　「星嶺」10周年大会　星嶺賞受賞

現住所　〒362-0046 埼玉県上尾市壱丁目466-1
Eメール　th-819@taupe.plala.or.jp

句集 雪解村《ゆきげむら》 新橋叢書 18 星嶺叢書 12

令和 3 年 5 月 5 日 初版第 1 刷発行

著 者 樋口 保
装 幀 山家 由希
発行者 飯塚 行男
発行所 株式会社 飯塚書店
〒 112-0002 東京都文京区小石川 5-16-4
TEL 03-3815-3805 FAX 03-3815-3810
http://izbooks.co.jp
印 刷 日本ハイコム株式会社
製 本 株式会社 新里製本所

 ISBN978-4-7522-5012-8 Printed in Japan